KB130825

월계동 풀

책 만 드 는 집   시 인 선 1 5 1

월계동 풀

서
상
만

시
집

책만드는집

나는 아직 영원에 들 수 없다
못 버린 몇 권의 시초를 끌어안고
이생을 방황 중이다

가다오다
발 닿는 길목에 한 권씩 내려놓고
가볍게 떠날 일만 남았다

가서, 아득한 밀실에 들어앉아
또 무얼 꿈꿀지
그건 모른다, 그때 가봐야 안다

－2020년 여름 無所軒에서
서상만

| 차례 |

5 • 시인의 말

1부　월계동 풀

13 • 푸른 옥돌 하나
14 • 말벌술
15 • 갈피
16 • 메모
17 • 부활
18 • 감자
19 • 월계동 풀
20 • 사막에서의 암묵
21 • 그늘 2
22 • 글쎄
23 • 초겨울 남도 아미타불
24 • 프라하의 고독
25 • 단풍
26 • 아예 날 잡아라
27 • 그 뒤쪽
28 • 구순
29 • 하직
30 • 내일 봐
31 • 여류
32 • 아, 끝이구나
33 • 조선소나무
34 • 바람의 무덤
35 • 봄비
36 • 가다오다 이발소
38 • 지난밤 꿈에 아버님이 주신 말씀

2부   꽃의 미학

41 • 꽃의 미학

42 • 감꽃

43 • 낙화심서

44 • 자목련

45 • 성에꽃

46 • 이팝나무 흰 꽃

47 • 민들레 홀씨

48 • 겹매화

49 • 등꽃 그늘

50 • 은총

51 • 액자 속 그녀

52 • 풀 밟기

53 • 말인즉

54 • 책 정리

56 • 붉은 낙관 1

58 • 가는 길

60 • 작은 것이 위대하다

61 • 낙타 1

62 • 돌로 살다

64 • 내 시는 황혼의 부엉이처럼

66 • 해딴에 보자

67 • 가을비

68 • 가을 풀밭

69 • 가을 해거름

70 • 정

3부　묵시록

73 • 묵시록 1

74 • 낙타 2

75 • 마늘밭에서

76 • 놋쇠 종

77 • 남해안 나들이

78 • 떠도는 물

79 • 봄잠

80 • 동문서답

81 • 작정

82 • 월보시비

83 • 기일을 앞두고

84 • 양파밭에서

85 • 초월

86 • 함지

87 • 시간의 골계

88 • 편력

89 • 풀씨처럼 떠돌다가

90 • 소쩍새

91 • 바람 風

92 • 솜사탕

93 • 적소행

94 • 안개

95 • 희미한 불 하나 켜 들고

96 • 재수 없으면 200살까지 산다?

97 • 허세나 부리며

4부   헌 신문지

101 • 헌 신문지

102 • 그 고무신가게

103 • 오천에 누워

104 • 그리운 꿈

106 • 시가 안 되는 날

108 • 시문에 서서

109 • 밤술

110 • 깊은 밤은 몇 시인가

112 • 외로운 사람아

115 • 넥타이

116 • 등나무 두 그루

118 • 감히, 신과 겸상을

120 • 몽돌 2

122 • 소설 쓰기와 시 쓰기

124 • 파도 너머 내일은

126 • 눈 내리는 축복

128 • 독감 예방주사

130 • 강물의 우울

132 • 월계동 산책

135 • 천천히 걸어서 독락당으로 간 시인

140 • 땅굴 파기

144 • 세상 잘못 봤나

146 • 우리들 비겁이여

148 • 포로

149 • 중랑천 우이천 변을 떠돌며

152 • 해설_강웅식

1부

월계동 풀

푸른 옥돌 하나

콩알만 한 조 작은 옥돌 속
누구 입술 금침으로 숨겼나
구르는 소리조차 무겁다
곱기만 할까 참 놀랍다
나보다 나이도 많고
나보다도 더 오래 살 비옥
파랗게 눈 떠 세상 바라보는
그 생멸이 아찔하게 무섭다
나는 저 오묘한 옥돌 앞에
흙먼지로 스칠 찰나 같아서

말벌술

잉걸불 혹서에 한동안 넋 놓고 앉았는데
꿀을 치는 지인께서 말벌술을 보내왔다
허 참, 저 활활 타는 술 마셔야 할까 말까
약발로 치면 덤으로 백 년 용신 희롱이라
그 정도 풍이야 마 반쯤 접어준다 치고
혹 똥오줌 못 가리며 백 년 더 살아본들
아뿔싸! 또 그뿐이겠나 두렵도다
매일매일 양물에 소금 칠 일 생각하니—

갈피

먼 데로 달려가는
속수束手의 바람 소리
새벽잠 깨우는 이유
나는 알지 못한다

그대 떠나갈 때
하늬바람 타고 갔나
구름 위를 살펴도
—발자국이 없어서

무엇에 그리 바빠
날 두고 가버렸나
또 다른 별에 가
새 시집을 가려고

메모

메모 앞줄에 동그라미 친 것은
꼭 합환주 들이켤 지주목 같아서
가끔 호주머니 털 일도 있지만
동그라미 안 친 우수리는
오늘도 내일도 도배할 일 없이
스쳐 갈 다반사茶飯事 같았는데
실은 이 헌 옷 같은 우수리가
사정없이 나를 울릴 때가 많다

부활

지글지글, 벌건 화덕에 나를 올려
부복인 그림자부터 먼저 굽는다
지지지 오그라지는 제물로 나는
눈알과 사지가 멋대로 돌아가며
생사 불문 활처럼 휜다,
뼈 없이 살아 더 퍼렇게 익는 힘
오글오글 뜨겁게 말아가는 불
불처럼 살아나는 오징어 한 마리

감자

유리병에 넣어둔
감자 한 알,
속잠 끝에 내민
연한 풀색 손가락

겁 없이 내놓은
순간의 갈구는
생生인가 멸滅인가
미명의 빛인가

어쩜 사람 닮은
감자의 꿈
슬퍼도 아름답다
저 섬뜩한 육탈

월계동 풀

비 그친 잡풀 속에
홀로 누운, 황갈색 뜬 잎
저 영혼의 생인손이여
달빛에 마음 고쳐먹어 본들
이제 와 어쩌자고!
그대 짐짓
소경이 된 풀잎인걸

어른어른 달빛 아래 쪼그려
죽은 아내 생각하는가

비가 와도 젖지 않을
아, 거룩하게 늙은 침묵

밤마다 속엣말
눈물로 삼키는 벙어리 풀

사막에서의 암묵暗默

그대 시간을 묻지 마라
길 없는 사막엔 시간도 없다
시간이 없는 사막에는
나를 치는 사랑도 없다
사랑이 없는 사막에는
밤마다 귀먹도록
짝 잃은 숫여우가
워어우워어우 울고 다닐 뿐

그늘 2

어둠에 자란 난쟁이 풀도
죽을 맛을 재우려
노란 돗자릴 바닥에 깔았네

제 몸 하나 쩔쩔매면
그늘도 노숙보단 나으니
누군들 주저 말고 오라네

글쎄

초저녁 노을처럼
잘 익은, 저
초로初老의 미소
질리지 않는
복숭아 단물이네

죽자 죽자 해쌓아도
마음대로 못 죽는
죽음 앞에, 진즉
사랑은 두렵지만

우수수 꽃 지는
저녁상에는—
오갈 데 없는
혼자들은
늘 한편이라는데

초겨울 남도南島 아미타불

나, 오동도 건너가
나무 기둥 얼싸안고
파도 소리 젖다가

차마 안 봐도 될
동백 처녀 마짓밥
도로아미타불 보네

핏물도 환장하나
일제히 각혈하는
저 무슨 자진인가

프라하의 고독

밤안개 노란
카를교 불빛 아래
푸른 백포도주
병마개를 딴다

펑— 소리에 터진
푸념 한마디
"제기랄—
나 너무 늙었어!"

단풍

가을 소요산,
원효의 보리행 따라
탁발에 든 나뭇잎들
세속에 물들어
무장무애無障無碍네

자재암 스님과
저녁 공양 같이 들고
쩔쩔 끓는 아랫목에
하룻밤 묵었더니
그새
나도 단풍 되었네

아예 날期 잡아라

죽음이란 암묵적 약속인가
날짜를 안 잡았을 뿐

숨 고르는 혼자 되고 보니
그런 약속 깨고 싶다

아침에 울던 귀먹보 까치
저녁참 물고 잠자러 가듯

그 뒤쪽

말없이 떠난 사람
돌아보지 마라
그 뒤쪽,
이미 멀다

저녁 푸는 물새도
그래서 우는 거다

구순九旬

어쩌랴

낙화落花까지

다 보고 갈 거여

하직 下直

– 나에게

죽음이야 지척에 와있는
줄 없는 후생이니 직행하든지

유성우流星雨 지는 밤
차라리 생흔화석으로 남든지

인적 뜸한 공터에
하얗게 개망초로 몰래 피든지

그도 저도 아닌 먼먼 나라
패왕에 불려가 사초나 쓰든지

내일 봐

그래 내일 봐
밤새 뭔 일 있을라꼬
늘 만나봐야 그 얼굴
그 형편이지만
한 번 더 보는 것도
잘난 새 맛이니까
그냥 거둘 수야 있나
하루하루가 최선인
단말마의 목숨들
만나봐야 살아있제
내일을 뉘 알까마는
약속이나 해두자

여류如流

여름 대낮, 대추나무 잎사귀에
반짝이는 햇살을 보다가

서리 맞은 가을 대추 알알이
발갛게 물든 달빛을 보다가

그 삶에 글썽이다 잠들다
새벽까치 소리에 깨어보니

마당가 앙상한 대추나무
눈 덮는 소리로 울고 있네

아, 끝이구나
－타클라마칸의 행려

다들 어디로 갔나
나 혼자다
바람과 모래언덕엔
길이 없다는데
다들 어디로 갔나

"자는 놈한텐
별이 없다"*더니
아차, 그들은
바람개비 별 하나
숨겨놓았었구나

오갈 데 없는 길의
눈먼 시녀처럼
아, 나만 끝이구나

* 김영재 시인이 새벽 장백폭포 눈 속을 헤매다 돌아와 숙소에 잠자고
있는 후배 시인에게 건넸다는 일침.

조선소나무

쓰시마 꼬부랑길에 곧게 자란 측백나무들이 울창했
다 배로 칠십 분 거리, 혹 바람결에라도 조선소나무가
건너오지 않았을까 가는 길 내내 차창 밖을 살폈다

여행 둘째 날 들른 고모다하마 신사神社, 옅은 운무
속에 초라하게 늙은 우리 소나무 몇 그루 만났다 침략
자들 손에 끌려온 조선의 후예처럼 우여와 곡절로 휘
어져 침묵하고 있는, 도래솔 무릎 아래 눈물처럼 뚝뚝
떨어진 솔방울들 보니 울컥 내 나라가 그리워졌다

바람의 무덤

어디가 더 다정한
무풍지대일지 알 수 없지만
구름처럼 어리둥절 떠돌아도
이 세상은 참 행복했다
하기야, 갈 때는 또 다른
바람 따라갈 것 뻔하지만
어쩌랴 이 세상 저 세상이
다 바람의 무덤인걸
바람의 속내를 나무랄 수야
봄바람이 불거나
낙엽이 지거나 눈보라 쳐도
눈물 없이 꿈꿀 수 있는 곳
누가 불러도 대답 없는 무명
거기 심산 독채에 오래오래
소경처럼 살아도 좋으련만

봄비

고양이 하품하듯 소리도 없이
녹두꽃잎 바람 달래며
사부작사부작 봄비가 온다

가다오다 이발소

우이천 가는 길 작고 오래된 이발소 하나
언제 봐도 늘 문이 닫혀있어
오늘은 용감하게 문을 열어봤다

이발소라기보다 한 평 반짜리 소품 고물상
이발 도구와 낡은 타월이
너절하게 고무줄에 걸려있고
구청장이 내린 빛바랜 감사장 옆에
어느 귀한 분의 개업 선물일
핏빛 자수 장미 유독 요염하다

장의자에 누웠던 중노인이 주인인가 보다
"아이고 어서 오세요" 반색이다
쓱― 내 얼굴을 한번 쳐다보더니
"이발 면도 다 하셔야겠네요!"
"네" 했지만 날 쳐다보는 눈매가 매서워
내 몰골 그냥 넘겨주기가 불안했다

"선생님, 제가 해드리는 면도는 아마
서울 땅에서는 구경하기 힘드실 겁니다!"

가죽띠에 면도날을 비비고
거침없이 대드는 그의 날렵한 손놀림이
가히 신의 손이다
어쩌면 나의 오만과 가식과 허무와 고독을
저승사자인 양 쓸어내 줄 것 같은

돌아오는 길
매끄럽게 닦인 볼과 턱을 쓰다듬으며
나에게 묻고 답했다
아니야, 다시는 그곳에 가지 않기로
허― 참, 껍질 속에 감춰진 내가 웃고 있잖아
용용 죽겠지?

지난밤 꿈에 아버님이 주신 말씀

모순의 세상에서는
쓸데없는 일에
눈 주지 말고
귀 열지 말고
입 놀리지 마라
그냥 조용히
보고
듣고
입 다물고 살아라
세월 붙들어 맬
힘도 자유도 없는
팔랑개비 인생은
허수아비같이
멍해도 귀하니라

2부

꽃의 미학

꽃의 미학

대속代贖의 멍에 같은
분노까지 삭이면서
활짝 지펴온 정념을
견자는 쉬운 말로
야, 곱다 감탄하지만
차마 시들지 않으려
꽉 깨문 꽃망울마저
역류한 핏물이 배어
네 수척한 목 축여줄
추신이 따로 없다
곧, 꽃 질 빈 가지에
새봄 언약 없었으니

감꽃

어머니 기일도 잊고
하얗게 객짓밥 먹다 보니

뼈 없이 자란 듯

내가 정말 사람인가 싶어
떨어진 감꽃처럼 슬프다

낙화심서 落花心書

아, 이렇게 지는구나
꽃은 지는 그 찰나에
자신을 알았을까

고백하건대
그간 참 잘 살았다
꽃이었던 한때

난 누구에게 그토록
황홀했고
누구에게 그토록
그렁그렁 눈물이었나

자목련

간밤에야 겨우 달뜨듯 벙근
네 난산을 눈여겨보았는데

한 사랑도 보듬지 못한
차마 나 같으랴,

그새 자수紫綬*도 놓아둔 채
뉘 또 불러 이내 가버렸네

* 정삼품 당상관 이상의 관원이 차던 호패의 자줏빛 술.

성에꽃

젊디젊은 싸락눈이
목숨 건 꽃 한 송이

누구 눈에 밟힌
첫사랑 상처인가

날 새면 곧 후회할
긴 한숨처럼 피어

이팝나무 흰 꽃

꽃샘추위나 바람 부는 날
그냥 지나치기도 하고
가지 새로 살짝 숨었다가
피는 이팝나무 흰 꽃,

그 옛날
한 끼 접기라도 하던 날
어머니 빈 자루바가지에
밥풀때기 흰 꽃 따서
고봉으로 담으면 배불렀지

허기진 봄, 온종일
허옇게 꽃은 피고 져서

민들레 홀씨

달동네 무릎 아래 언덕
가난한 꽃씨, 오늘 또
바람 쫓는 여우길 따라
파종하러 간다

진흙탕 마른 산자락
비탈길 마다 않고
가다 기웃 서다 기웃
눈먼 밥 동냥하러 가듯

겹매화

나처럼 임자 없는 봄에도
전생에 무슨 선약 있었는지
겨우내 상한 볼 비비며
먼 길 걸어오신 만천홍매여
잠도 설친 철골 등걸에
연분홍 비단옷
겹겹이 차려입고 여느
상기된 연비 煙匪처럼, 그대
어이 그리 서둘러 오셨소

등꽃 그늘

염화미소 아니라도 그럭저럭 늙어
오월 빈 하늘 자락 저녁노을 밟고 서면
허송 따라다닌 육신에 등꽃이 주렁주렁

그 옛날 역지사지 넌출 감던 한창 날
뼛속에 눈물 실어 숨어 울던 사연들이
늦바람 남루로 허기지듯 매달리네

지난날 곱씹으며 희디희게 웃고 싶어
목화솜에 몰래 감춘 꿈마저 사라졌으니
비탈길 베고 누운 작금昨今이 진경일세

은총

지창紙窓 너머 슬그머니
빈방 엿살피다
끝내 거기 쓰러져 눕는
처연한 달빛

액자 속 그녀

어둑새벽 눈뜨자마자
벽 액자 속의 그녀가
나를 빤히 내려다봐

"여보! 세상사
제 맘대로 안 되는군"
복화술로 말을 걸어도

딱히 대꾸가 없다
그럼 이제
내 말 수긍한다는 거군!

생사가 약조한 암묵
틀 속에 봉해져
저 벽에 딱 걸려있다

풀 밟기

겨우내 눈이불 당겨 덮고
오그랑 잠자던 금지옥엽들

삼짇날까지, 춘궁 버틴
우리네 모진 목숨처럼
눈비바람 맞을수록 더 푸른

삼월 풀밭

만상이 다 봄 탄다 해도
이슬을 받쳐 든 너의
초록 광기를 누가 말리랴

맨발로
꼭 있는 그대로
곱게 밟아줄게 어린 풀아

말인즉

그래서 말인즉
나, 맨주먹이라도
차라리 옛날로 돌아가고 싶어
새까만 세 살짜리 알몸뚱이로

그러나 내가 꼭
빗나간 삶을 살았다고는 생각지 않네
목숨 내놓고 버텨온 삶이지만
때 되면, 가지 말라 붙들어도
나는 떠나야 하리

오랜 날, 나를 길들인 그 바람이
어느 날 사정없이

나를 내동댕이칠 것이므로

책 정리

내 서가의 묵은 책들 이미
곰팡이 냄새로 나잇값 하는데
아직도 나만 나잇값 못 한다

헌책방 출신으로 도배했어도
관록 붙은 책들과
절판까지 돼버린 귀한 책들은
나도 몰래 누구 손을 탔는지
솔솔 다 빠져나갔다

지나고 보면 늘 그 책 속에
내가 찾는 그 무엇이 있었다

삶에 지치면, 몸도 우화羽化처럼
풍장 된다 싶어 눈 딱 감고
몇 권씩 솔솔 책장을 비운다

혹 이 나이에 서둘러

책을 멀리 두면, 저세상 가서

까막눈 될까 두렵기도 하지만

붉은 낙관 1

– 네팔에서

설산 가는 길
출렁다리 위에서
낯선 내게 미소 건네주던
눈망울 큰 네팔의 여인이여

나는 밥술이나 뜬다고
예까지 왔건만
어째 그대 편이 못 되어줄
뜨내기인걸

어디쯤 밀주에 잔뜩 취할
그늘은 없을까

분명 그대 미소는
붉은 낙관처럼
내겐 멀미 같은 적선이었네

이정표도 없는 협곡에서
출렁출렁
둘 다 흔들리는 몸이 되어

가는 길

가는 그 바람에
들꽃도 내리받이로 엎드리네
무늬도 없이 민들레 홀씨처럼
날아가거나 가라앉거나,

오르막보다 더 두려운 내리막
가는 길은 지름길도 없어
왔던 길보다 멀고
문밖을 내다보니
굽이굽이 마음이 먼저 굴러가네

붉은 해 뜨는 사이
해 지는 사이

마디풀 덩굴로 영혼을 감아
구렁이 담 넘어가듯
저물녘 끝물로 타오르는

저 농염한 오로라같이

빈 하늘에

미리 따라놓은 음복술에 취해

아득한 극지로 사라지고 있네

작은 것이 위대하다

조 작은 것,

잔뿌리 하나로 잎을 피워
새들을 불러 모으고
그늘을 키워
고달픈 사람들을 재웁니다

세상이 광활해도
작은 지혜로 미궁을 벗어나고

우아하고 장엄한 길에도
초라하고 가냘픈
나부낌이 있어 공평합니다

나는 오늘, 철없이 덤볐던
과거를 다시 쓰려
모래 속에 묻어놓은
푸른 꿈을 헤적여 봅니다

낙타 1

사제도 떠나고
신탁의 물관마저 말라버려
불을 끄지 못하는 사하라

그 어떤 목숨이 저처럼
마른 소소초* 가시를 씹으며
입안에 고인 제 피를 삼키랴

지은 죄 없고
닥칠 죄도 없을 너에게
그 천형이 운명이라니

눈물에 별빛 하나 못 지운
검은 눈의
낙타여 당장 사막을 떠나라

* 마른 가시만 남은 낙타풀. 부활초라고도 한다.

돌로 살다

– 2005년 아내와의 피정

한탄강 낯선 소달구지 길

푸른 안개 속에 짐 보따릴 부렸다

차마 죽지 못해 주저앉으니

몸도 마음도 그 바닥이다

모난 돌이라면,

쩡— 정釘 맞고 소리라도 지를 걸

외진 풀밭을 돌아봐도 이미

내겐 법도 없고 사람도 없었다

"我心匪石 不可轉也

我心匪席 不可卷也"*

동두천, 병든 아내 목숨 두 해

입 닫고 앉아 눈먼 돌로 살았다

* 『시경』「백주柏舟」에서 인용. "내 마음 돌이 아니니 굴리지 못하고,
내 마음 멍석 아니니 말지도 못하네."

내 시는 황혼의 부엉이처럼

내 눈엔 연자 돌듯
세상만사가 다 시다

시가 시들시들하면
또 좀 재미없이
절룩거리면 어떠랴

하늘과 땅을 닮고
사람을 닮았으니
설사 신의
눈 밖에 난들
두려울 것이 없네

깊은 숲 속
황혼의 부엉이처럼

캄캄한 밤에도

영혼을 판 적 없는
내 시는 미완으로
억만년 눈 떠 남아

내일의 비췻빛 하늘
홀로 꿈꿀 거니까

해딴*에 보자

그래 오늘 해딴에 보자
고요가 찾아오는 그 어디쯤
앉을 자리 하나 찾아보자
잔광이 놀다 간 맨땅에라도
잘 익은 올해 볏짚으로 짠
부들부들한 가마니 하나 깔고
오지항아리에 막걸리 출렁—
두부김치 해서 푸지게 한잔
병원 검진이야 내일로 미루고
출출한 저녁 허기 때워보세
사는 것 뭐 따로 있나,
하염없는 이하 동문이지
마른 풀밭 건너는 바람처럼
늘 그래저래 살다 가는 거지

* 해가 있는 동안, 해가 지기 이전을 뜻하는 경상도 말.

66

가을비

스산한 낙엽 부스러기
유리창에 붙이며

덧문을 닫아도 들리는
마른 풀 젖는 소리

오가던 길목에
방점 하나 찍어놓고

뚝뚝 갈 길 서두르는
저 탈색된 눈물방울

가을 풀밭

나는 어떤 색으로 물들까
누가 뭐래도 상관없이
천천히 시들다가
그 무엇으로 저물 것이니
나보다 꼭 사백 년이나
톨레도의 하늘을 먼저 본
그레코*도 희망 없다는
누런 가을 풀밭에 누워
두 눈을 가려도 못 지운
먼 하늘 바라보며
어떤 새봄 하나
다시 만들어보고 싶어
휘파람 불어보니
아, 난 아직 푸른 허깨비

* 1541-1614. 스페인의 화가.

가을 해거름

낙엽송 그늘이 뱀 허물처럼
땅거미 지는 늦가을 오후
산란한 풀벌레 소리마저
소슬바람이
가늘게 흩어놓는,
그 빈자리가 황갈색이다
혹 먼 산사 불목하니라도
불러만 주면 암말 말고
떠나고 싶은 가을 해거름

정釘

겨울 바위에

아버지는
쩡— 쩡—
정을 치신다

양각이든
음각이든
바위도 이겨 살란
저, 쇳소리

쩍
귀가 선다

3부

묵시록

묵시록 1

큰 나무 잘려 나간
그루터기에
새들 다 떠나고
작은 잎가지 두셋
날갯짓한다

바람아 먹구름아
저 늦저녁 구걸을
지우지 마라

저것들도
맑고 푸른 하늘에
훨훨 날고 싶은
슬픈 일생이다

낙타 2

천만근 등짐 지고 먼 길 가는 낙타여

검은 눈에 삭힌 눈물
등줄기에 타오르는 쩔쩔 끓는 울음
누가 너만의 노자路資라 했던가

막막한 사막

한 쌍의 발자국이 네 뒤를 따라간다

마늘밭에서

오뉴월 뙤약볕에 누런 수의 걸치고
죽은 듯 서있는 저 마늘잎들,

몸살보다 더 맵고 싸한 춘궁을
몰래 땅속에 옥니처럼 감췄네

그래 보니 나만 훈수薰修사리커녕
향기도 독도 없이 속없이 늙었네

놋쇠 종

뉘 집 문에 매달려
분주히 흔들렸을 놋쇠 종

붙잡을 곳을 놓쳤는지
바닥에 누웠다

살짝 두드리니
울음이 남았다

누구의 파란 신음 소리
아직도 내 귀를 적신다

남해안 나들이

그간 몇 해 만인가 반갑다 남해 바다
오늘은 재삼이 형* 삼천포 밤바다
두둥실 뜨는 엉덩이 달도 안아주고
초장에 개불로 소주 한잔 걸치고
낙낙한 흥에 겨워 오른 청마문학관
"쯧쯧 낮술 먹고 예까지 올라왔나"
선생님 꾸중 한 말씀 듣고 싶어―
"쌤예 모자람이 가끔 남는다 쿠네예"
초상화 속 검은 안경테에 감춰진
잔잔한 미소에 읍하고 돌아왔네
그래 보니 짐짓 나도 명적鳴鏑이네

* 시인 박재삼.

떠도는 물

흐르고 흐르다
몇 차례 굽이칠 뿐
제 물에 안아 도는
맨발의 물이여

언제쯤 폭포 만나 천둥 치는 소리로
크게 왁 울어보며
사서私書 한 장 쓸까

떠난 여울목 차마
돌아가지 못하고
가도 가도 그 길인
물 건너간 그 물

봄잠

이 잘난 시상에 아직도 이곳
골목길은 질퍽한 밀가루 반죽이다

마을 앞 논개구리 와글거려도
툇마루 양달에 배 깔고 누운
누렁이는 코를 골며 한밤중이다

가끔 구름 그림자 햇살을 가려도
기척 없는 누렁이 잠은 다디달다

동문서답

꼭 그렇게 어긋나게
듣지 마라
둘러치나 메치나
그 나물에 그 밥이다

백 년 후
또 백 년 후도 보라
일색一色이 따로 없다

깊은 물에는
크고 작은 물고기
다 함께 산다

작정

차마 눈물 나도
마음 고쳐먹고 싶은 날은
지방紙榜 같은 것 없어도
남산에 가있는 곡절
조금만
고개 돌려주면 되는 것을

월보시비 月甫詩碑
– 세월아 詩碑에 시비 걸지 마라

그대, 미완의 시인
월보月甫는 영일만과 천생연분이다
풍랑 치고 물새 까불어도
실은 그 울음이 그 울음이네

고도孤島처럼 돌아앉은 분월포芬月浦여

나 거기 무슨 자격으로 사전에
신전 같은 긍휼을 베풀겠나만
곡비처럼 처얼썩 울어쌓는 저
파도 삼킨 멍돌*로나 버텨라

* 멍(병)이 든 돌.

82

기일을 앞두고

가신 님 눈에 밟혀
호젓이 깊어지는
불면의 개울물 소리

날이면 날마다
타지마할* 무덤을
천 개 만 개 쌓으며

춘사월 스무닷새
손꼽아 기다리는
지독한 영혼 하나

* 샤자한 왕이 죽은 뭄타즈 왕비를 위해 지은 묘당.

양파밭에서
- 우포늪 가다가

사고무친 먼 땅에 난민처럼 건너와
만삭으로 누운 페르시아 나부裸婦여

떠돌이 삶의 눈부신 지주가 되려
온갖 불안 수모 겹겹이 둘러쓰고

들 굽이, 아득한 햇살 아래
튼실한 옥동자들 줄줄이 앉았으니

누가 뭐래도 그대 이젠
이 땅 농민으로 정식 호적에 올랐네

* 양파는 페르시아가 원산지.

초월初月

청솔가지 끝 눈썹달이 하필이다

미동도 없는 저 무심 속 노숙

요기는 하셨는지 하초下焦가 부실타

함지 咸池

새 길이 묵은 길 질러갑니다

정든 자드락길 돌아보지 않고

막무가내 혼자 내뺍니다

가는 곳을 무심코 바라보니

저도 별수 없이 한 곳

지평선 너머 해 지는 함지로

곱게 몸을 묻는 것입니다

시간의 골계

오늘은 또 몇 개의 세포가 죽었을까
몸이 나른한 날은 청진기가 없어도
세포가 파삭파삭 죽어가는 걸 느낀다
가끔 아령을 들고 근력을 보태면
가뜩이 마른 마들가리 나이 타령 하며
싱겁게 난다 긴다 해쌓지만
때 되면 그 다 녹초 될 것 뻔하니
삭아도 잘 삭아 진국 소리 듣거나
저 겨울나무처럼 영혼에 몸 맡기고
한량으로 놀다 가면 그 또한 어떠리
한 오백 년 살듯 죽기 살기 서성대도
하루아침 뜻밖 이승도 여기까지라면
공산에 달 뜬들 뭣 하나

편력

별빛 아래 내 육필 읊으면
귀의歸依의 가랑잎 소리다

허명에 빚은 평생 말빚
운무 속 산자락 같아

덧입힌 농담濃淡 보따리
확 풀어 훌훌 털어버린다

풀씨처럼 떠돌다가

풀씨처럼 떠돌다가
반딧불이 따라나선
싸리바자울 너머

구구국 산비둘기
배고파 울던 날

묵 한 접시 얻어먹고
그제야 사람 된 듯
나, 울음이 터진다

소쩍새

꽃 핀 자리 보고 울고
꽃 진 자리 보고 울어
봄도 망연자실
저리 애먼 곡비여

소쩍궁소쩍궁

얼마를 더 울어야
울음이 마를까
구천까지 사무치게
방아 찧는 만단정회萬端情懷

바람 風

나도 바람 風 베끼고
너도 바람 風 베끼면
탕진한 이 세상에
뭐 하나 남아줄꼬
주는 대로 다 받아먹는
우린 바람의 사슬인가

센 바람 불면 솔숲에
솔 향마저 달아나고
과음한 사슬도 녹슬면
우린 그냥 덩그러니
귀먹고 입 다문
목석밖에 더 되겠나

솜사탕

누가 아파트 옥상에
솜사탕 하나 올려놓았다
휑하니 쟁반도 없이

빈말로나 기다려도
누구 하나 덜컥 그걸
맛보려는 손님이 없다

너무 섭섭했을까
행자바람이 거둬 가네
뜨악한 흰 구름 한 점

적소謫所 행

미련 따윈
비운 지 오래지만

먼발치

남은 울음은
산허리에 묻는다

안개

희미하다
따라가는 산 자도
희미하다

남한강 석비 뒤로
가뭇없이 사라진

그가 누구인지

희미한 불 하나 켜 들고

평생을 가랑대던 목숨

혹 거기가
산문山門인가

어둠만 넘어서면
그 어딜까 싶어

반딧불이 따라가는 저
가냘픈 영혼

재수 없으면 200살까지 산다?

－중앙일보 2019년 5월 30일자 〈암질병유전자검사협회〉 광고

"신만이 아는 나의 운명 DNA는 알고 있다"면서
재수 없으면 이백 살까지 산다고 한다

그럼 재수 좋아도 이백 살까지 못 산다는 건지 알
수가 없다
고생고생하며 이백 살까지 살아본들 뭣 하느냐 그
말인 것 같다

수명을 정해놓고 사는 맞춤형 삶의 시대

아 글쎄 "아버님 심장을 바꿔드릴까요, 간을 바꿔드
릴까요"
그것도 생일 선물로— 참으로 불쾌한 세상이로고!!

허세나 부리며

– 데자뷔 산수傘壽

사랑이 없어서 야밤이었다
하 많은 별빛 아래서도
나는 늘 혼자라서 서러웠다
그러다 어느 날은, 날 두고
먼저 떠난 그 누가 참 미웠다
그런데도 뜬금없이 손거울에
불쑥 떠오르는 낯익은 질색
왜 새삼 그리워지는지
좀 알 듯도 해서 더 적막했다
그래봤자 이미 코리안 타임
죽을 자리조차 마땅찮은 땅
누가 뭐래도 더는 여기
독거할 수 없는 나의 바람기
잠시 천문도나 들고 허둥대다
유성처럼 휙 허세나 부리며
또 다른 자연으로 돌아가리
망쳐버린 웃음거리 가득 안고

4부

헌 신문지

헌 신문지

어둠 속으로 뒤태를 감추려는
황량한 저녁 산엔 시선 주기 싫어
더구나 가을 지난 들녘에 쓰러져 누운
누런 풀의 속살을 왜 바라보랴

물 만난 드루킹이 판치는 세상에
깡통 빈 병 못대가리 같은 허언이여
앉은자리 잦은 입 놀리는 수다꾼처럼
불의에 처져버린 활자가 되랴

실은 나, 이 소문 저 소문 둘러메고
바람에 부풀거나 떠밀리거나
어느 날 산성비에 덧없이 녹더라도
하마 욕설의 꼬랑지에 눈 맞추랴

그 고무신가게

오가는 길목마다 내 검정 고무신은
비정한 햇살에 자주 들켰다

그 죽도시장 말표 고무신가게,
지금은 허름한 국숫집이 되어
장꾼들의 허기를 채워주고 있다
세월을 탄식하는 빈자들의 거처
국수 한 그릇, 막걸리 한잔에
터덜터덜 발길을 돌리면
이미 신발은 닳고 길도 닳았다

아무도 모르리라
끝없는 이 회심의 안개밭
벌罰이라면 어쩌겠나
그날까지 맨발로도 걸어야 하리

오천鳥川에 누워

물고기 한 마리 보았다
시오리 밖 오어사吾魚寺 본전 추녀, 밤낮 풍경 깨다
녹슬어 버린 저것,

어쩌다 바람결에 목이 잠기면 그리운 파도 이는 감
포 바다로 퍼드덕 굴신하며 오체투지로 헤엄친다

그 길이 어디까진지 염주 들고 무량수불 전에 백팔
배 올리는 저 무수한 중생들

산 자들의 원념일까 돌아서면 또 다른 첩첩 산, 그래
도 철석같은 그 맘이 쑥구렁도 마다할 목숨인 것을

세상은 구하는 길에 꼭 길이 있다고, 나를 부추기는
갈까마귀 떼울음이 내 심간을 갈가리 찢어놓아도

오늘은 저물어 쉬어 갈 뿐, 노을 탄 오천에 누워 땡
그랑 깨져버릴 듯 풍경 소리에 묻히고 또 묻힌다

그리운 꿈

봄이면
대각댁大覺宅 마당, 누런 보릿대 타는 냄새
천지를 덮어 더 배고팠던 날

꿈에서까지 따라다닌 그 가난

이제는 살 만도 한데
왜 울 어머니 꿈마다 저러실까
장독대에 정화수 떠놓고 촛불 켜
손이 닳도록 빌고 비는 어머니 모습을
새벽꿈에 또 보았다
이승과 저승이 멀긴 먼 모양
아직도 이승 형편을 자상하게 모르시고
애태우신다

"어머니 이제 그만 시름 놓으세요!"
"아니다 아니다"

어머니는 정화수 앞에 두 손을 모아 빈다
별이 다 질 때까지

시가 안 되는 날

1
가을비 추적대는 날은
하늘 소리 자꾸 내 발목 잡아

직관直觀의 고갯마루 질러
연상聯想의 협궤열차를 타고
정관靜觀의 산사로 떠나볼까

2
허, 내 이럴 줄 알았다
누가 나 먼저 당도하셨네
나의 외로운 그물코에 걸린
물고기 한 마리,
풍경에 매달려 경經을 치고
쇠비늘 소리로 공空까지 깼으니
필경 감포 바다 너머 멀리
헤엄쳐 갔을 터

3
산문 밖
무문 탁발 빈손이면 어떠리

가을비 건듯 그쳤어도
절 마당 천지 왁자하게
탁목조 목탁 치고
풀벌레들 독경 소리 널브러져
영감의 뼛조각 그러모으기는
영판 틀린 것을

시문柴門에 서서

앞산에 새소리 멎고
댓잎 떠는 소리,

주렴 걷고 시문에 서니
넋 잃은 사방은
저승인 듯 아득하고

화주 한 잔 따라놓고
내 묵은 육필 읊으면

눈앞에 떠오르는
고운야학孤雲野鶴 달뫼 스님*

나도 거기 가 초석 깔고
때늦은 시승詩僧이나 될까

* 부산 천룡사 시인 이병석 스님.

밤술

초고草稿 앞에 놓고 술 한 잔 들고
하찮은 몇 행간 어정대다 보면
훌쩍 새벽 두시
밑줄 긋듯 한 잔을 더 보탠다
어둠에 익숙해 아직 맨정신

가끔 그런 밤엔
애국을 못 해도 술이 술 부르는
왈칵 솟는 눈물도 술안주다

마지막 술 한 잔
깊이 취해야 나를 망치듯,
내 시는 만취 중독 상태에서
홰치듯 새벽에 다시 깨어난다

깊은 밤은 몇 시인가

잠 못 드는 얼굴에
유약을 발라
딕 에번스의 물병처럼
곱게 구우면
혹 어느 찬란한
별의 꿈*이라도 꿀까

어둠 하나
돛배처럼 떨고 있고
아직도 가 닿아야 할
꽃밭도 멀고
구름도 못 잡았는데

실패한 꿈들은 왜
꽃무늬만 요란할까

나는 어디로 흘러가는.

사투리별인가
대체 나를 재갈 물린
깊은 밤은 몇 시인가

버려진 만지장서에
무명의 획 한 줄 긋는
하얀 깃털의 새여

* 미국의 도예가 Dick Evans의 작품.

외로운 사람아

1
외로운 사람은
내 곁에 없다

그대 없어도
봄은 오고
그대 없어도
꽃은 피는데

그러다 눈 내려
하염없어도

귀가 먼
겨울 바다로
등 돌리고 떠난
섬 같은 사람아

2

그대 있어 내가
살았으니

꽃이 져도
서럽지 않았으니

아, 그런 사랑도
세상없으련만

무엇이 서러워
페넬로페*처럼

돌아오지 않는
외로운 사람아

그러다 돌아와도

나를 몰라보면

도로 내가 죽을

그런 사람아

넥타이

넥타이를 고른다
입은 옷에 잘 어울리게
나이에 걸맞게

아니야 아니야
누군가 내 목줄에 꽂힐
황홀한 시선을 위해

끝물에 철든
고동색 넥타이를 고른다
감히 로맨스 브라운

등나무 두 그루

언제부턴가 우리 둘
늘 서로 바라만 보았지
바람 불면 잎으로 웃고
눈비 오면 숨죽여 울었지

그러다 그리운 어느 날
네 어깨에
내 긴 팔 올려놓곤 했지만
늘 우리 둘 고만큼
떨어진 나무로 서서
그렇게 그렇게 바라만 보며
저물었지

가을이 와도
죽은 말들들 서성이며
그늘엔 마른 잎사귀 쌓이고
못난 등줄기 허공에 매단

우리의 통로는 잠잠했지

세상 물정 늘 어지러워서
거기 장단 맞춰 살려면
어느 날은 알몸도 내놓고
좀 뻔뻔스러워야 했지

실은 그래봤자,
뉘 고독한 시인의 이미지로
사시사철 먼 산 바라보며
무슨 꿈이나 꾸듯 말이지

감히, 신과 겸상을

당신께서 가끔 물으신다
요즘은 주로 뭘 하느냐고
차마 대답이 옹색하다
딱히 뭐라 드릴 말씀이 없어서

지진 망막과 가짜 렌즈 사이
그래도 음흉하게 숨겨놓은
눈물 때문일까
내 울음이 좀 허막虛漠해졌다

연명을 포기한 호드기처럼
짐짓 울음소리까지 말라가는데
당신께선 내 어깨를 두드리며
실패의 가치를 맛보란다

요새는 신도 겁 안 내는
파당 난무 잘도 노는 세상이라

나도 나잇값 한다고
누굴 편들기도 난감하지만

신은 늘 내 편을 들어주실 듯
불초 소인만 허락한다면
좋은 날 잡아
밥이라도 한번 자시잔다, 쉿—

몽돌 2

오월 유채꽃 길 걷다가
내게 들킨 연황색 몽돌 하나

누구 가쁜 숨결 짚어주던
징검돌마냥
저 돌 베고 잠자면―

오밤중 강변에 누워
강물 소리 바람 소리에
잠들지 못한 저 고독 뭉치를

서쪽 하늘 떠돌며
무서리에 떨던 싸라기별
조용히 내려와
조곤조곤 소곤대고 갔을
추운 어둠을
내 밤 머리맡 돌베개로

데워주면

괜한 욕심에 슬그머니
돌을 한번 만져본다

혹 길 잃은
물새 울음 쪼가리도 묻었을까
내 아내 그림자도 출렁일까
이리저리 살펴봐도, 여기가
끝내 저만의 적소인 듯
빤히 나를 쳐다보는
입이 없는 몽돌 하나

소설 쓰기와 시 쓰기

사람이 너무 되어버린 친구

한동안 세풍에 두들겨 맞더니 그래도 돈은 야물게 챙긴 친구

이젠 소일거리도 없고 해서 소설을 한번 써볼까 한단다

소설?

하필이면 그 나이에 골치 아픈, 사는 얘기를 또 하겠다는 건지, 그래도 그 친구 아직 세상사에 덜 질린 듯

내 시집 보낼 때 문득 몇 자

"돈 없어도 글 쓰는 데는 별 지장 없네!" 주제넘은 소릴 적어 보냈던가

일속초一束草*도 못 되는 노후에

왜 그따위 실없는 소릴 했나 한심하다 나도

밥걱정은 없어야 마음 놓고 책도 보고 글도 쓰고 월간지도 사보고 해설 요란한 남의 시집도 사볼 텐데

내 주제에 시 쓰기란 주머니가 비어도 못 버리는 지

독한 사치이자 형벌이라 그랬나

　내심 그 친구 진수성찬 상머리에 놓일 화려한 소설
책 한 권이 꽤나 부러웠던 모양!!

* "풀 한 묶음"이란 뜻으로, 한나라 손신孫晨(당시 공조 벼슬을 함)이 가
난해서 이불 대신 마른 짚단을 덮고 잤다는 데서 유래된 말.

파도 너머 내일은

밤 내내 찬 별에 쏠리며
좌초된 폐선의 뱃머리를 두들기다
지쳐 누운 겨울 바다
얼음장같이 속상한 파도 소리

내 다시 문안하듯 분월포에 오니
평생 목말랐던 그리움이
자꾸만 부두에 울음으로 쌓이네

방풍림 하나 없는 해넘이 언덕,
이 포구를 떠나야 했던
어머니와의
마지막 작별 때문이었을까

울컥― 대면의 영일만은
치잣빛 낙조로 출렁이고
사랑했던 뉘 이름조차 가물가물
노을에 실려 지워지고 있으니

여기도 그 무엇이 되기엔
역부족인 한대寒帶

시린 홑이불에 녹아드는
먹물 같은 고독을 차마 어쩌겠나
왜 저 바위는 늘 파도에 맞서고
나는 누굴 위해 누구 때문에
이 적막에 울음 물고
설월雪月처럼 떨고 있는지

갈 수 없는 데까지 가보려는
바람의 경전을 넘기며

새벽 일찍 떠난 뱃고동 소리처럼
얼마를 더 아파야
캄캄하고 멀고 먼 파도 너머,
내일에 닿을 수 있을지

눈 내리는 축복

가장 높은 구름이 오래 가꾼
깊고 먼 적음으로
꽁꽁 얼어붙은 동토에 인심에
고개 숙인 절망에
솜보다 더 희고 더 부드럽고
더 순결한
천심으로 눈이 내린다

공복의 물새 울음까지
철썩이는 파도 소리까지 덮고
산과 들의 나무와 풀잎과
도도한 바윗돌까지
가혹하리만치 딴소리 못 하게
우리들 그렁한 밀지 위에
엄숙하게 내리는 눈이여

그대 인간계까지 강림하신

가없이 모실 성자지만

떠날 땐 언제나
다 못 지운 죄와 벌 사이에서
눈 녹자마자 봄꽃 활짝 내밀
오독으로 얼룩진 넓은 들의
숙연해진 침묵 탓일까
백야 천상을 덧없이 바라보며
눈부신 강설을 다시 주문하는
우리네 슬픈 축복이여

독감 예방주사

작년 가을인가 보건소에
독감 예방주사 맞으러 간 날
사무실 입구 작은 팻말에

"65세 이상은 무료 접종
65세 미만은 유료 접종(6000원)
9시부터 접종합니다"

아직은 안내원도 안 보이고
늙은 느티나무 아래
새벽잠 잃은 노인들만 일찍 와
여기저기 웅성거릴 때

계단 위에 올라선
한 팔십 넘어 뵈는 노인분이
지팡이로 마당을 가르며
뭐라 뭐라 큰 소리로 외쳐댄다

"어른들은 이쪽에
아이들은 저쪽에 줄을 서시오"

그 말이 무슨 말인고 했더니
어른들은 65세 이상이고
아이들은 65세 미만이라나!
아무렴, 늙음도
지고한 벼슬이다 말다

올해는 작년처럼
농㽛 붙이는 사람도 없고
그 노인도 보지 못했다

강물의 우울

굽 높은 계곡 지나 마을을 지나
작은 강나루까지 어깨동무하며
자갈 모래까지 털어버린 빈손이더니
잦은 여름장마 만나서도
풀 죽은 남루야 심심찮게 버리더니
어느 한밤 느닷없는 광란의 홍수로
강변 아총兒塚까지 쓸어안고
무참히 떠내려온 강,
여기가 늘 꿈꿔왔던 바다던가
성난 고래파도 송곳니 갈 때마다
망자들 분골 소리 물보라로 치고
물결은 갈가리 헛소리만 해대는
떠있지 않으면 죽음이 되는 바다*
하긴 끝없다는 말 낭설이라 해도
내 이러려고 천길만길
연년이 흘러온 강물이었나
구름도 따라오지 말라 손 내흔드는

방파제 하나 못 세울 빈 바다
갈매기만 냅다 울며
"강물아 너는 짠물에 젖지 마라"
능청 떨며 날고 있어도
강물아 돌아갈 생각 마라
역행 못 할 물의 속성 알기나 해
잠 설쳐도 다정했던 여울물 소리나
워낭 소리 들리는 초록 꿈은 깨라
서둘러 물속 깊이 잠수해 버리든지
차라리 무심히 너를 버려라
여기가 그대 마음 밖 정처라면
풍문에라도 귀 열어놓을
돛배 같은 백비나 세우렴 강물아

* 김후란 시인의 「꿈의 바다」에서 차용.

월계동 산책

1호선 전철은 좀 촌스럽다, 황차況且
뭉개진 얼굴들이나 옷차림새를 봐도
많이들 어렵다
빈촌에서 출발 빈촌으로 도착하는
거기 석계역 1번 출구를 나와
전에 2500원 하다 요새 5000원이 된
해장국집을 돌아
굴다리 저쪽은 타계한 조정권 시인 집
이쪽 좀 더 가면 우리 집이다

집이라야
성냥갑 같은 아파트 한 채
그래도 천국같이 포근한 방
어스름을 밟고 앉은 나보고 누군
"니사 잔소리하는 마누라가 없어 좋겠다"
하지만 왠지 나는 허전하다
넓은 들녘에 혼자 짓는 농사꾼처럼

손등 긁어줄 푸른 잎사귀 하나 없어,

요즘 가까운 우이천을 혼자 걸으면
가끔은 걸음이 꼬이기도 하고
자꾸만 다리가 땅 쪽으로 치닫는
오작동 같은 공회전을 느낀다
곧 나락에 들 예행연습 같기도 한
이걸 운동이라 치면 간단치가 않다

그래 기왕이면 광운대까지 좀 더 걷자
거기 돌아가면 짜글대는 청춘들의 스침이
그저 즐겁기만 하다
그 옛날 으능나무 아래 울며 하직했던
내 마지막 대학 생활을 반추하며
다시 복교한 기분으로 걷는다
스치는 학생들이 반갑고 사랑스럽다
정신도 맑아지고 덩달아 힘이 솟는다

저 나무 그늘 아래 여학생 서넛 둘러앉아
한 학생이 흐느끼는 걸
다른 학생이 달래는지 위로해 주는지
내 보기엔 그 모두가 성장통일 것 같다

집에 돌아오는 길은 늘 둘이서 온다
나와 내 그림자에 숨긴 한 명의 여자
투명인간처럼―

그녀의 감성을 뿌리치지 못해
나는 아직 같이 산다, 죽은 아내와
잠자고 밥 먹고 같이 산책하고 마음대로
왔다 갔다 하라고 끈을 풀어놨다
세월이 지나도 끊어지지 않는 그 줄은
원수같이 질긴 사랑이라고 말해야겠지
그래도 그래놓고도 월계동은 외롭다
다 떠나가고 나만 남았다

천천히 걸어서 독락당獨樂堂으로 간 시인

– 故 조정권 시인과의 추억

1

"서 선생님 우리 성북역*에서 만납시다"

몇 차례 만나자고 말로만 약속하고

미루어온 만남

먼저 도착한 그가 천천히 걸어서

역사를 나오는데

핼쑥한 얼굴에도 잔잔한 미소가 넘쳤다

우리는 서울의 빈촌 월계동 출신답게

역전 굴다리 3000원짜리 해장국집에 앉아

소주로 목을 축이며 월계동을 거친 시인

이형기 박정만 최동호 시인들을 들추며

밤늦도록 인연을 이어갔다

2

우린 주로 나무 의자나 덩굴 잎 올린 필로티 아래

하늘이 송송 내다보이는 공간에서 자주 만났다

담배 소주를 사랑한 그의 능력은

삼십 년 금연의 내 인내심도 단박 정복해 버렸다
꿀맛같이 마시고 내뱉는 담배 연기
검지로 빈 소주병을 톡톡 치며
한 병 더 하자는 그의 매력 있는 제스처는
지금도 눈에 선하다

3
불암산 겨울 바위 앞에서 서로 무심만 나누고
돌아온 날도 우리는 결코 헐벗지 않았다
단단한 침향 같은 침묵을 서로 나누어 가지며

그 후 봉선사 연꽃 보러 갔다 돌아오는 길
삼십 년 뼈다귀해장국에 녹아버리기도 했다

4
"서 선생님은 긴 시도 좋던데요"
"아, 시단의 대단한 상은 다 타 자신 분이

때 놓친 늙은 시인 앞에 두고 농담하기요"
일침을 놓았지만 송곳 같은 주장은 거침없었다
그런 어느 날도 '허송'이란 말을 줄곧 꺼내 든
잠시 침묵 끝에—
가슴을 열어보자는 의사의 진단이 있었다는 것

"조 선생 겁낼 것 없어요, 요즘 좋은 세상이에요"
 막연하지만 내가 해줄 말은 그 말뿐이었다

  5
나는 그 옛날 배를 갈랐지만 그는 가슴을—
둘 다 속 터지게 살아온 슬픔을 주체하지 못했을까
 백병원 복도에서 만난 그의 눈가에 어린 작은 이슬
같은
 눈물을 보았다
 산정묘지의 차가운 냉정은 그 순간
 뜨거운 눈물이 되어 그렇게 저물고 있었다

그가 떠난 빈자리에서 가만히 생각해 보니
그는 내 시를 좋아했고
나는 그의 시를 사랑하지 않았던가

6
나는 그와 만남의 인연은 있었어도
헤어짐의 인연은 없었다
발인도 삼 일 지난 구문舊聞에서 그의 영면을 알았으니

나는 그와의 만남에서
한 번도 귀 달래주는 말은 들어본 적이 없다
그는 대나무같이 곧고 바위처럼 단단하고
얼음처럼 차가웠다
벌써 저세상 산정 독락당에 앉아
길 잃은 구름 하나 불러 한 대포 하실지 몰라

그는 술값으로 내게

'無所軒'이란 세 글자를 주고 갔다
당호로 쓰라는지 아호나 묘비명으로 쓰라는지

7
조 선생 지금 어느 세상쯤 가고 있어요
이 세상 창밖엔 눈이 내려요
그 길에도 펄펄 눈이 내리는지

(당신이 허물어버린 한산寒山 길 다시 내며
천천히 걸어서 간 학이여)

우리 갈 곳은 무한대허無限大虛, 나도 얼마 남지 않았소
이젠 차가운 시보다 따뜻한 시를 써서
우리 다시 만나면 그 이불로 얼싸안읍시다

* 광운대역.
* 조정권 시인(1949-2017. 11. 8.) 1주기에.

땅굴 파기

황사바람 불기 전
흙 파내고 자갈 헤적여
혁명 같은 희열로 땅굴을 파서—

어둠에 묻힌 나의 소외 울분
거기서 꼭 꺼내야 하리
비록 허궁이 될지라도

하여, 땅굴은 늘 열려있어야 해
떠난 사람 누군가 그리울 때면
낮달이 빠끔 찾아와 안부 전해주고
물안개 밀어내는 잔파도같이
늘 나를 부추기는,

있을 것 없고 없을 것 없는
미지의 구멍에서
그 어느 날 조용히 빛을 찾아 나선

내 불안한 영혼 같은
입 다문 조선의 아도啞陶여
거룩한 메시아여
부르고 싶다, 값없이 낭패한 이름들

숲길에선 병든 풀잎이
파들파들 떨며 울고
어느 구멍 난 삶이 서걱대는 소리
핏줄 끊는 소리

혹 내 삽질이 반역이 되어도
끝없는 미로가 되어도
나는 삽으로 쇠스랑으로
카이사르의 새벽 명령처럼
초입부터 유황불을 지필 것이네
포구에 선 바람기처럼
파도를 몰아 단애를 만들 것이네

춥고 무서워도 막지 마소서
긴 터널 속을
누구나 한 번은 꼭 지나쳐야 하리
멀리 삼도천 물소리 찾아가는
가는 길 자국마다
몽땅 버리소서
산도 물도 다 버리소서
빈 몸으로 떠난다고 억울해 마소서

저무는 갈대밭 머리 피리 불며
꾸역꾸역 따라가는
내 그림자 보이잖소

훠이— 훠이—
겨울 허기 파먹는 갈까마귀 떼
미친 듯 울고 있어도
시장한 중천의 낮달은

귀먹은 듯
멀리멀리 허옇게 가고 있어라

땅은 얼고 화톳불 꺼지고
어깻죽지 굳어서
더는 이 세상 구멍 내지 못하고
그만 삽질을 멈춰야겠소
곧 눈보라 치면
산천도 나도 정처도 다
적막에 묻힐 거니
그때 나 엎드려 절한 후
그 자리에 차라리 돌이 되겠소
돌로 쳐서라도 기어이 다스리고 싶던
그리운 황야,
죽어서도 내일을 다시 살지니
오늘은 꿈속에서라도
번개처럼, 이 아침 뭉개고 말리

세상 잘못 봤나

우린 괜한 실수로 자주 분노한다
식자들의 능청스러운 침묵과
다 알고 있다면서
말하지 않는 사람들에게서

까짓것, 곧 죽어도 내 편이면 좋고
남산 새꾼같이 떠보는 사람도
우왕좌왕 말장난도 얄밉다
까대는 허세 또한 어이가 없다

어쩌다, 우리들 꿈꾸는 눈은
푸른 안막이 구멍 뚫린 채
그 고통마저 소리 내지 못하고
무덤처럼 파먹히는 알리바인가

이래도 되고 저래도 되는 세상
왜 되풀이 절받긴가?

무엇에 그리 남용되었는지
시도 거짓말로 절명할 듯하다

늘 말이 되는 허구
야금야금 갉아먹고 있지만,
실은 교활함과
비웃음 쌓을 왕자갈밭

우리들 비겁이여

이 땅은 이미 아찔한 빙산의 협곡
생모의 아픈 젖가슴에서 방울방울
얼어 떨어지는 허기 같은 것
누가 이 도생의 설옥
감히 녹일 수 있으리
저 빙벽의 끝 궁핍의 정신 같은
차갑고 차가운 물방울을 보라
하나 둘 셋 허공에 번지며 모이며
떨어지며 분노로 아우성치는 밤
지상의 모든 것 무너지지 않는 한
제 손가락을 깨물 듯한
슬픈 자진을 나무랄 수 없으리니
아서라, 철면피여 부정하지 마라
이 땅의 지성이란 지성 다 잠들고
똥 묻은 개가 뉘 나무라듯
그늠이 다 그늠인 부패한 자들이
서로를 탓하며 바꿔치기하는데

돌아앉은 풍경처럼 뒤에 비켜서서
그대들 뚫어지게 바라보고 있는
저기, 저 빗발 속 만백성을 보라
다 알고 있다며 손사래 치면서
그래 이젠 세상 다 틀렸다 해도
굴복보다 차라리 결빙을 감행하는
얼음의 칼날이 무섭지 않을까
우리 모두의 비겁이여
오욕의 벽엔 망설이지 말라
시의 뿔 세운 양심이고 싶다

포로

- 1986년, 톨레도의 기억

고도古都 톨레도 고샅길에서 길을 잃었다 정지된 시간의 한쪽엔 로마군이 창을 들이대고 또 한쪽은 무슬림이 반월도半月刀를 쳐들고 뒤로는 유태인 패거리가 우르르 몰려들어 저마다 나를 어디로 팔아먹으려는지,

이름 모를 교회 종소리는 오포午砲처럼 들려 꼼짝없이 한 이천 년 졸졸 끌려다닌 그들 종교전쟁의 마지막 포로가 되었다

포승줄에 묶여 캄캄한 역사의 미궁을 헤맬 때 낯선 신들의 숨소리가 내 옷깃을 스쳤다 쿠란의 애절한 구원도 절규도 담벼락에 흩어진 생소한 울음도 몽땅 가슴에 담으며

중랑천 우이천 변을 떠돌며

1
오늘같이 숨 막힐 것 같은 날이면
중랑천 우이천 변엘 간다
봄은 초록빛으로 미안해하고
냇물 흐르는 것도 유쾌하지 않다

싸구려 수제 마스크를 써도
내 남은 생이 고마울 따름

세상 곳곳 무너지는 소리에
가슴 아파 하다가
먼저 저승으로 간 영혼들이여

울컥 울음이 터진다
왜 이렇게 줄초상 나나?

월요일엔 내가 마스크 사러 가는 날

그래 나도 죄인이지
이만큼 살아낸 것도 감지덕지
내일을 맞는 것 뭐 그리 대순가
오늘만이라도 살아있자

오늘, 오늘만큼은 그래
슬퍼도 기뻐도
내 생애 최고의 하루니까

2
오늘은 우이천 변 새싹으로
중랑천 물결 보며
쉬엄쉬엄 가면 되겠지
숨 쉬면 살아있는 거니까

허— 참, 역설이 일상을 바꾸고
침묵 삼키며 계급에서 평등으로

어쩌다 스스로를
사랑하게 되었네

딸까닥
떠날 땐 말없이 가겠지만
힐끗힐끗
어디에 숨었느냐 바이러스야
미생의 검은 그림자야
너는 피도 눈물도 없느냐

말라빠진 갈대 밑에 숨었느냐
이 고약한 바이러스야
나와라 나랑 한판 붙어보자

죽음을 향한 존재와 시
– 서상만 시인의 '마지막' 시집에 부쳐

강웅식 문학평론가

1

  살아있는 시인의 신작 시집을 가리켜 '마지막' 시집이라
고 부르는 것, 그것은 적절한 명명이 아닐뿐더러 그 시인
에게는 분명한 실례가 될 것이다. 그런데 '마지막'이라는
표현은 애초에 나의 것이 아니라 서상만 시인의 것이었다.
그는 내게 자신의 신작 시집의 해설을 청하면서 그것이 자
신의 '마지막' 시집이 될 것 같다고 말하였다. 그가 그렇게
'마지막'이라는 세 음절의 낱말을 내뱉는 순간, 그것은 문
득 팔순이라는 그의 나이를 떠올린 내게 기묘한 울림으로

다가왔다. 스스로 부족한 능력을 잘 알고 있음에도 그가 청한 해설을 쓰겠다고 덥석 원고를 받은 것도 바로 그 울림 때문이었으리라(그러고는 시인에게 결례가 될 정도로 나는 그 원고를 오래도록 끌어안고 있으면서도 해설을 마무리하지 못해 시인의 애를 말렸다).

'마지막'이라는 낱말의 의미는 '시간상이나 순서상의 맨 끝'을 가리킨다. 어떤 것의 마지막이란, 그것과 관련하여 '그다음'이나 '더 이상'은 없다는 것이다. 그렇다면 어째서 서상만 시인은 자신의 이번 신작 시집을 스스로 마지막이라고 여기는 것일까? 그것은 사실 물을 필요도 없이 그가 자신의 죽음과 마주하고 있기 때문일 것이다. 더 정확히 말하면 그가 죽어가고 있는 자신을 마주하고 있기 때문일 것이다. 모든 인간은 죽는다는 관념적인 사실이 아니라 그 누구도 아닌 내가 지금 죽어가고 있다는 사태의 '여기-지금'의 직접적 사실성과 그가 마주하고 있기 때문일 것이다.

내가 서상만 시인의 신작 시집을 가리켜 '마지막' 시집이라고 부르는 것은 현실적으로 그다음의 신작 시집을 펴낼 가능성이 그에게 희박하기 때문이 아니다. 그런 부름의 이유는 '마지막'이라는 낱말이 의미하는 바의 절대적 양태일 수 있는 죽어감의 사건과 마주하기 혹은 그 사건을 실제로 겪기라는 경험이 서상만 시인의 이번 신작 시집의 세계를 떠받치고 있다고 생각했기 때문이다.

2

죽음이란 두말할 것도 없이 종말이다. 그것은 그 이후에는 아무것도 없게 만드는 끝남이다. 인간에게 죽음은 어떤 떠남이기도 하다. 다시는 되돌아올 수 없는 그런 성격의 떠남이다. 죽음의 그런 성격 때문에 우리는 죽음에 대하여 알지 못한다. 죽음은 앎의 대상이 아닌 것이다. 그렇지만 인간에게 죽음은 삶의 일부이다. 삶은 죽음과 맞물려 있어 우리는 우리 삶에서 죽음을 따로 떼어낼 수 없다. 그렇기에 우리는 죽음에 대하여 생각해 보지 않을 수 없다. 그런데 우리는 대부분 우리 삶에서 결코 분리할 수 없는 죽음을 망각하고 살아간다. 우리는 우리 죽음을 회피하면서 살아간다고 하는 것이 더 옳을지도 모르겠다. 그렇게 죽음을 회피하면서 살아가다가 삶의 말년에 이르러 더 이상 그것을 회피할 수 없는 지경에 닿는 것이 우리 인간일 것이다.

공자님이 마음이 움직이는 대로 행동해도 도리에 어긋나지 않았다는 '종심從心'의 나이인 칠순을 한참이나 지나

팔순에 이른 사람에게 그동안 살아오면서 망각하거나 회피해 온 죽음은 어떤 모습으로 현상될까? 이 질문과 관련하여 「여류如流」라는 시의 화자는 이렇게 말한다.

여름 대낮, 대추나무 잎사귀에
반짝이는 햇살을 보다가

서리 맞은 가을 대추 알알이
발갛게 물든 달빛을 보다가

그 샅에 글썽이다 잠들다
새벽까치 소리에 깨어보니

마당가 앙상한 대추나무
눈 덮는 소리로 울고 있네
—「여류」 전문

위의 시에는 여름에서 가을 그리고 다시 가을에서 겨울로 이어지는 시간의 흐름을 보여주는 장면들이 마치 한 폭의 그림처럼 제시돼 있다. 영상과 관련된 장에서라면 몽타주로 처리되었을 것이 분명한 세 계절의 전환이 환기하는 의미작용은 그대로 이 시의 제목을 향하고 있다. '여류하다'는 '물의 흐름과 같다'는 뜻의 낱말로 세월이 매우 빠름을 비유적으로 나타내는 말이다. 세월은 쏜살같이 빠르게 흘러가고, 그렇게 속절없이 흘러가는 시간을 안타까워하듯 흰 눈에 덮인 앙상한 대추나무가 이 시의 화자에게는 소리 없이 울고 있는 것처럼 보인다. 위의 시에서 대추나무는 화자가 바라보는 대상이지만 동시에 그것을 바라보는 화자 자신의 반영이기도 하다는 점에서 정작 울고 있는 것은 화자 자신일 것이다.

태어나는 그 순간부터 궁극적 종착지가 죽음이라는 의미에서 '죽음을 향한 존재' 혹은 '죽어가고 있는 존재'라는 존재론적 의미의 맥락에서가 아니라, 몸소 겪는 물리적 직접성의 측면에서 임박해 있는 죽음 때문에 시간은 늘리고 자라게 하는 힘이 아니라 줄이고 쇠락되게 하는 힘이라는 사실을 깨닫는,「시간의 골계」라는 제목의 시의 화자는, "오늘은 또 몇 개의 세포가 죽었을까/ 몸이 나른한 날은 청진기가 없어도/ 세포가 파삭파삭 죽어가는 걸 느낀다"라고 말한다. 그리고「시간의 골계」의 자매편이라고 보아도 무방할「말인즉」이라는 시의 화자는 이렇게도 말한다.

그래서 말인즉

나, 맨주먹이라도

차라리 옛날로 돌아가고 싶어

새까만 세 살짜리 알몸뚱이로

그러나 내가 꼭

빗나간 삶을 살았다고는 생각지 않네

목숨 내놓고 버텨온 삶이지만

때 되면, 가지 말라 붙들어도

나는 떠나야 하리

오랜 날, 나를 길들인 그 바람이

어느 날 사정없이

나를 내동댕이칠 것이므로

　-「말인즉」전문

　이 시의 화자는 자신에게 죽음이 임박해 있음을, 그리고
그것은 필연적이고 불가피한 것임을 잘 안다. 하이데거가
말하는, 직접적인 실제의 죽음에 앞서 자신의 죽음을 미리
앞서 달려가 봄으로써 자신의 유한성을 파악한다는 차원
에서가 아니라, 직접적이고 물리적인 차원에서 죽음이 바

로 앞에 당도해 있음을 이 시의 화자는 안다. 하이데거는 자신의 죽음에 앞서 달려가 봄으로써 자신의 유한성을 깨닫고 자신의 삶이 그 누구의 것과도 다른 자기 나름의 고유한 것이 되도록 자신의 삶을 기획하고 투사하게 된다고 말했지만, 이 시의 화자는 앞서 달려가 봄의 각성 과정 없이도 자기 나름으로 "목숨 내놓고" 열심히 살았기에 자신의 삶이 "빗나간 삶"이라고 생각하지 않는다. 그런데 문제는 이제까지 살아온 자신의 삶이 빗나가지 않았음에 대한 자부가 죽어가는 경험 자체를 극복하게 해줄 수 있는가 하는 것이다. 죽어가는 경험은 우선 다음과 같은 불면증을 유발한다.

어둠 하나
돛배처럼 떨고 있고
아직도 가 닿아야 할
꽃밭도 멀고
구름도 못 잡았는데

실패한 꿈들은 왜
꽃무늬만 요란할까

나는 어디로 흘러가는

사투리별인가

대체 나를 재갈 물린

깊은 밤은 몇 시인가

　–「깊은 밤은 몇 시인가」부분

　위의 시에서 화자는 "깊은 밤" 잠을 이루지 못하고 이러
저런 상념에 빠져있다. 그 상념은 대체로 질문의 형식을 취
하고 있다. 그런 질문의 형식은 이 시의 화자의 진술에 긴
장감을 불어넣는다. 위 시의 화자가 시달리고 있는 불면증
은 '밤에 잠을 자지 못하는 상태가 지속되는 증세'라는 사
전에 근거한 의미에서 그것이 아니다. 이 시에서 화자의 불
면증은 차라리 대낮에 걸린 불면증과 같다. 그것은 단순히
잠들지 못함이 아니라 어떤 깨어있음을 가리킨다. 대낮에
걸린 불면증은 깨어있음의 깨어있음과 같다. 그것은 육체
와 의식이 물리적으로 깨어있는 상태를 가리키는 것이 아
니다. 어떤 극심한 자극으로 인하여 평소에는 작동하지 않
던 의식의 기능이 비로소 작동하게 된 깨어있음이 바로 대
낮에 걸린 불면증의 깨어있음이다. 그와 같은 깨어있음은
반성의 형식으로서 무수한 질문을 낳는다. 미처 스스로 대
답할 수 없는 무수한 질문의 용출이 잠들지 못하게 하고 깨

어있게 만드는 것이다. 아마도 그런 종류의 깨어있음은 물리적으로 잠들어 있는 상태에서도 지속될 것이다.

죽음이, 더 나아가 나의 죽어감이 우리에게 불안을 유발하는 것은 나의 존재의 종말에 대한 불안 때문이다. 죽음은 더 이상 나를 존재할 수 없게 한다. 죽음과 죽음 그 이후는 이제 아무것도 없게 되며 아무것도 아니게 된다. 존재의 종말인 죽음으로부터 시간을 생각하면 시간 역시 죽음과 함께 그 의미가 사라지게 된다. 그런데 시간으로부터 죽음을 생각하면 죽음이 다른 의미를 가질 수 있게 된다. 「깊은 밤은 몇 시인가」에서 화자는 갑자기 시간을 묻는다. 그러자 존재의 종말로서 죽음이 야기한 불안과 두려움을 뚫고 시간이 의미 있는 주제로 돌출된다. 「깊은 밤은 몇 시인가」에서 화자의 어조에 스며있는 정감은 불안의 그것이기보다는 차라리 우울의 그것에 가깝다. 인간의 삶과 그 삶에서 이루어지는 실천과 작업은 역사적이지만 궁극적 완성으로서 유토피아에 상응하지는 않는다. 모든 삶에는 완성에 이르지 못했다는 의미에서 실패가 있고, 이런 실패의 우울은 미완의 존재 속에 머무르는 삶의 방식이다. 따라서 우울이 죽음의 불안에서 왔다기보다는 오히려 죽음의 불안을 완성하지 못한 데서 왔다고 보는 것이 더 타당할 것이다. 위 시의 화자는 닿아야 할 곳에 "아직" 닿지 못했으

160

며 또한 잡아야 할 것을 "아직" 잡지 못했다고 말한다. 이루고 싶고 이루어야 할 것을 아직 이루지 못한 자에게 죽음의 두려움은 작업을 미완으로 남겨둔다는 두려움, 어떤 것을 종내는 체험하지 못했음에 대한 두려움이다. 이 경우 우리는 죽음을 넘어서는 어떤 의미로 죽음을 사유하게 된다. 이러한 사정과 관련하여 서상만 시의 한 화자는 이렇게 말한다.

아, 이렇게 지는구나
꽃은 지는 그 찰나에
자신을 알았을까

고백하건대
그간 참 잘 살았다
꽃이었던 한때

난 누구에게 그토록
황홀했고
누구에게 그토록
그렁그렁 눈물이었나
―「낙화심서落花心書」 전문

꽃이 지듯이 우리 모두는 그렇게 어느 찰나에 스러져 버리고 말 것이다. 그러나 꽃의 스러짐과 인간의 스러짐은 동질적인 것일까. 위 시의 화자는 그렇게 생각하지 않는 것 같다. 그런 차이와 관련하여 그는 자신을 안다는 문제, 즉 자신의 삶의 의미를 안다는 문제를 제기한다. 그리고 그는 스스로의 삶에 대하여 "참 잘 살았다"고 평가한다. 위 시의 세 번째 연은 그러한 평가의 근거 제시이다. 그 연에 나오는 "황홀"과 "그렁그렁"한 "눈물"은 낭만적 사랑의 은유들이고, 그 연을 구성하는 문장은 의문의 형식으로 되어있다. 그것은 자신의 삶에서 사랑이 있었는지 여부를 묻는 질문이 아니라 그 사랑의 강도를 묻는 질문일 것이다. 우리는 우리가 죽는다는 것을 안다. 우리는 죽음을 피할 수 없다. 그러나 미친 듯이 사랑한다면, 강렬하게 사랑한다면, 절대적으로 사랑한다면, 우리는 죽음에 어떤 의미를 부여함으로써 죽음으로부터 멀어질 수 있을까?

3

우리는 죽음을 넘어서는 어떤 의미로 죽음에 대해 생각

해 볼 수 있을 것이다. 그러나 이때 놓치지 말아야 할 것은 죽음을 넘어섬이 어떤 경우에라도 죽음을 극복하거나 죽음을 축소한다는 것을 의미하지 않는다는 점이다. 우리는 죽을 수밖에 없으며, 다음의 구절에서 볼 수 있는 것처럼, 그 죽음과 함께 이 세계에서 사라지게 될 것이다.

> 붉은 해 뜨는 사이
> 해 지는 사이
>
> 마디풀 덩굴로 영혼을 감아
> 구렁이 담 넘어가듯
> 저물녘 끝물로 타오르는
> 저 농염한 오로라같이
> 빈 하늘에
> 미리 따라놓은 음복술에 취해
> 아득한 극지로 사라지고 있네
> −「가는 길」부분

위의 시는 죽어가는 순간의 모습을 비유적으로 형상화한 것이다. 그런데 죽는 것은 우리지만 정작 죽는 순간 우리는 우리의 죽음을 나의 것으로 경험하지 못한다. 우리는 그것을 다른 누군가의 것을 바라보는 것처럼 겪는다. 그런 점에서 위의 시는 자신의 죽음의 순간의 상상적 극화일 것이다. 위의 시는 선승의 '열반송涅槃頌'의 분위기를 연상시킨다. 가령 우리에게 잘 알려져 있는 성철 스님과 같은 선승의 열반송을 보자.

> 한평생 미친 말로 남녀 무리를 속여
> 하늘을 넘치는 죄업은 수미산을 지나친다
> 산 채로 아비지옥에 떨어지니 한이 만 갈래인데
> 태양은 붉은빛을 토하며 푸른 산에 걸렸네

위의 열반송이 말하고자 하는 바가 무엇인지 하는 것은 이 글의 과제가 아니다. 여기서 이 열반송을 인용한 것은 삶이나 죽음과 관련하여 우리가 무엇을 깨닫든 그런 깨달음의 내용이 우리가 죽는다는 사실 자체를 변화시키지는 못한다는 사실을 말하고 싶었기 때문이다. 우리는 누구든 이 세상으로부터 아득하게 사라지게 되어있다. 그러나 우리가 죽을 수밖에 없다고 하더라도 모든 것이 죽음으로 귀착하는 것은 아니다. 죽음처럼 강렬한 사랑이 죽음에 의미를 주는 한 계기로서 죽음을 사유할 수 있게 해준다는 사실을 고려한다면, 죽음의 의미가 꼭 죽음에서 시작해야 하는 것은 아니다. 그렇다면 시인에게 시가 가지는 의미가 죽음을 꼭 죽음에서 시작하지 않게 해줄 수도 있지 않을까, 다음의 시처럼.

내 눈엔 연자 돌듯
세상만사가 다 시다

시가 시들시들하면
또 좀 재미없이
절룩거리면 어떠랴

하늘과 땅을 닮고
사람을 닮았으니
설사 신의
눈 밖에 난들
두려울 것이 없네

깊은 숲 속
황혼의 부엉이처럼

캄캄한 밤에도

영혼을 판 적 없는

내 시는 미완으로

억만년 눈 떠 남아

내일의 비췻빛 하늘

홀로 꿈꿀 거니까

　－「내 시는 황혼의 부엉이처럼」전문

　위 시의 화자는 시인, 즉 시를 쓰는 자이다. 시를 쓰는 자, 그것도 평생 동안 시를 쓰는 자를 가리켜 시를 미친 듯이 사랑하는 자, 시를 강렬하게 사랑하는 자, 시를 절대적으로 사랑하는 자라고 말하는 것은 무리일까? 아무튼 위 시의 화자는 시를 쓰는 자로서 자신의 시와 그것의 시간으로부터 죽음의 의미에 대하여 생각한다. 운문으로서 시를 위한 작시법은 있을 수 있겠지만 적어도 '시적인 것'은 그 무엇으로도 미리 규정될 수 없다는 의미에서 이 시의 화자의 생각처럼 "세상만사가 다 시"일 수 있다. 이 시의 화자는 시의 품격을 가늠하게 하는 척도가 그것이 성취한 심미적 세련성이나 완성도 그리고 형식적 조화와 균형의 밀도에만 있지는 않다고 생각한다. 그런 측면에서는 부족해 보여도 시인으로서 "영혼을 판 적 없는" 진정성만 보증된다면, 한

편의 시는 시로서 충분한 자격이 있다고 그는 믿는 듯하다. 그리고 그는 자신의 시적 관심은 신성하고 초월적인 성聖의 세계에 있지 않고 인간과 그것의 경계(하늘과 땅)에 관련된 속俗의 세계에 있다고 주장한다. 그리고 그에게 자신의 시는 언제나 "미완"인, 즉 형성 과정에 있는 어떤 것이다. 완성된 형상이나 형식이 아니라 하나의 형성 과정인 시는 그것의 주체로서 시인과 그것의 대상으로서 인간과 세계 전체를 고정된 그 무엇이 아니라 하나의 형성 과정으로 변형시킨다. "억만년"이라는 시간은 무한하게 연장된 길이로서 영원의 시간이 아니라 우리 안에 있는 바깥으로서 무한, 작은 것 안에 있는 큰 것으로서 무한, 우리가 이해하고 장악하고 있는 모든 것의 타자로서 무한의 비유일 것이다. "내일"은 단순히 시제상의 미래가 아니라 도래할 것에 대한 희망 자체로서 시간이며, "비췻빛 하늘"은 그런 희망에 담겨있는 내용으로서 메시아적 시간의 실현의 순간에 대한 비유일 것이다. 요컨대 이 시의 화자에게 시는 "홀로"의 고독 속에서, 다시 말해 단 하나뿐이기에 고유한 단독성의 고독 속에서, 희망 자체로서 시간과 함께 도래할 메시아적 시간의 실현을 꿈꾸는 공간일 것이다.

4

서상만 시인은 1982년 월간《한국문학》신인상을 수상함으로써 문단에 나와 이제까지 모두 열 권의 시집 -『시간의 사금파리』(2007)『그림자를 태우다』(2010)『모래알로 울다』(2011)『적소謫所』(2013)『백동나비』(2014)『분월포芬月浦』(2015)『노을 밥상』(2016)『사춘思春』(2017)『늦귀』(2018)『빗방울의 노래』(2019) - 과 한 권의 시선집『푸념의 詩』(2019)를 펴냈다. 그리고 그 시집들은 국내 유수의 평론가들에게, '고전적 상상력', '고요와 여백의 역설적 활력', '노경과 청담의 에스프리', '자연 사물을 통한 존재론적 깨달음', '적막의 감각' 등 결코 가볍지 않은 풍성하고 다채로운 비평적 규정을 얻어냈다.

서상만 시인이 이번에 펴내는 그의 열한 번째 시집『월계동 풀』- 시인 스스로 '마지막' 시집이라고 부른, 조금은 성급할 수도 있는 의미가 부여된 이번 시집 원고를 읽으면서 나는 내내 그 '마지막'이라는 낱말이 불러일으키는 어떤 울림에 휩싸였다. 그리고 그 울림은 내 글의 방향성과 연관된, 나로서는 도저히 거부할 수 없는 일종의 명령으로 다가왔다. 그 명령은 나로 하여금 이번 시집을 이제까지 서상만 시인이 다양하게 펼쳐놓은 시 세계의 내용 항목들을 마치 가을걷이라도 하는 것처럼 결산하고 정리하는 그런 성격의 '마지막' 시집으로 읽지 못하게 하였다. 그러한 방향과 다르게 나는 이번 시집에서 새로운 어떤 것을, 지금까지 펴낸 시집들에서는 단 한 번도 모습을 드러내지 않았던 어떤 새로운 차원을 읽어내고 싶었다. 그런 욕망과 함께 이번 시집을 읽으면서 나는 여러 시편들에 어려있는 죽음의 그림자를 보았다. 아니, 아마도 그 순서가 뒤바뀌었을 것이다. 그의 시편들에 어려있는 죽음의 그림자가 나로 하여금 그의 시편들에서 이제까지와는 전혀 다른 어떤 새로운 차원을 찾게 만들었을 것이다. 죽는 순간은 다른 그 누구도 대신할 수 없는, 오로지 자신만이 유일하고 고유하게 겪는 단독성의 순간이기 때문이다. 서상만 시인이 쓴 기존의 시에서도 노경에 바라보는 삶의 무상함과 쓸쓸함에 대한 운신이나 다가오는 죽음에 대한 생각으로 인한 두려움이나 낭패감을 다룬 것들이 없었던 것은 아니다. 그러나 이번 시집에서는 죽음과의 대면이랄까, 더 나아가 죽음과의 격투랄까 하는 차원이 새롭게 구축돼 있었다.

죽음과의 대면 혹은 죽음과의 격투라 부를 수 있는 죽음과의 관계 맺음은 일반적인 의미의 맥락에서 우리가 죽음을 생각하는 것과는 전혀 다른 어떤 차원의 관계이다. 일반적으로 우리는 한 줄의 직선처럼 이어지는 시간의 저쪽 끝에 있다가 그 시간의 흐름과 함께 우리에게 점점 더 가까워져서 종국엔 나와 대면하는 것으로서 죽음을 생각하는 경향이 있다. 다시 말해 우리는 물리적으로 나의 숨이 끊어지는 그 순간 이전에는 죽음이란 항상 저쪽의 미래라는 이름의 시간 속에 있는 것으로 생각한다. 사실 기독교가 말하는 최후의 심판이라는 사건의 관념도 그와 같은 시간관의 산물일 수 있다. 최후의 심판은 미래의 저편에 도사리고 있고 우리는 그것이 도래하기 전에 그 심판을 맞이할 준비를 함으로써 그것의 절대적 폭력으로부터 비켜 갈 수 있다는 생각은 그 자체가 최후의 심판인 죽음에 대한 두려움의 소산일 수 있다는 것이다. 최후의 심판은, 그러나, 베냐민이 생각했던 것과 같이 차라리 비상계엄령의 상황에서 벌어지는 즉결심판과 같은 것일 수 있다. 최후의 심판을 관장하는 메시아는 미래의 저편에 있는 도래할 존재가 아니라 이미 와있는 존재이며 그리하여 이미 최후의 심판이 시작되었고 나는 목하 진행되고 있는 즉결심판의 순간에 있는 자라는 생각은 나의 존재의 밀도나 의미와 관련하여 숨 막히게 하는 절박성과 긴급함을 불러일으킨다. 죽음과의 격투라 부를 수 있는 죽음과의 관계 맺음은 나와 죽음과의 관계에서 바로 그와 같은 절박성과 긴급함을 요구한다.

나는 서상만 시인의 신작 시집을 읽으면서 그런 절박성

과 긴급함으로 팽팽하게 긴장돼 있는 시편들을 만났고, 그런 작품들이 눈에 들어오자 일반적인 의미에서 말하는 시의 해설이라면 마땅히 귀하게 여기고 언급했어야 할 다른 시편들을 외면하게 되었다. 적어도 내게는 그 시편들의 세계는 기존의 다른 시집에서 보여준 시 세계와 크게 다르지 않았고, 그것들에 대한 해설은 아무리 훌륭하게 수행한다고 하더라도 기존의 시집들에 첨부된 해설들의 비평적 규정을 결코 넘어서지 못하는 동어반복에 불과할 것이라고 나는 생각했다. 흔히 시집의 해설은 주례사와 같은 것이라고 부정적인 의미에서 그렇게 말하지만, 어쩌면 주례사는 비평가가 그의 본분으로 수행해야 할 역할일지도 모른다. 블랑쇼의 이해에 따르면, 비평은 자기-지우기이다. 비평가가 비평 작업을 위하여 면밀한 분석 작업을 수행하고 또 그것을 위해 무수한 언어들을 동원하는 과정에서 이루어지는 것은 역설적이게도 비평의 자기-지우기에서 비롯하는 비평의 사라짐이다. 비평가는 비평의 작업을 스스로 지우기 위하여 그토록 난리법석을 떠는 것인지도 모른다. 그렇게 비평의 자기-지우기가 수행됨으로써 열리는 공간에서 시인의 그 어떤 후광으로부터도 보호받지 못하는 작품의 민낯이 드러나고 그런 드러남이 이제까지와는 전혀 다른 종류의 어떤 긍정으로서 단독성의 형상이 될 때 비평가는 바로 그 새로움의 사건에 대한 찬사로서, 마치 새롭게 탄생한 사랑의 연대의 주체들에게 하는 것처럼, 주례사를 읊을 것이다. 이러한 의미에서 주례사는 비평가가 무슨 수를 써서라도 회피해야 할 불온한 어떤 것이 아니라 비평가라면 꼭 해보고 싶은 영광스러운 어떤 것이다.

서상만 시인의 신작 시집의 시편들 가운데서 죽음과의 격투라고 부를 수 있는, 비상계엄령에서 이루어지는 즉결심판의 긴박성과 절박함을 닮은 분위기에 휩싸인, 죽음과 관련된 시편들을 읽으면서 나는 죽음이라는 절대적 사건에 대한 서상만 시인의 생각을 알고 싶었던 것이 아니다. 나는 죽음이 서상만 시인이라는 자아를 가로지르면서 그것을 꿰뚫으면서 하는 말을 듣고 싶었다. 존재론의 맥락에서 말하는 '세계'라는 낱말이 내 상황과 환경에 대하여 알고 있는 바의 전체를 가리킨다고 할 때, 그 '세계'는 '나'의 정체성의 토대이자 '세계'에 속한 모든 것들에 대한 '나'의 이해 가능성의 토대이다. 죽음과의 관계는 바로 그러한 '세계'와 거기에 속한 '나'를 가로지르면서 모든 것들을 불안정의 상태로 몰아간다. 그렇게 도래한 불안정의 공간에서, 아무것도 아닌 곳에서 '나' 아닌 '나'라는 '나'의 타자의 눈으로 '세계'를 바라볼 때 서상만 시인의 시에서 과연 무슨 일이 벌어질지 나는 궁금했다. 견고한 동일성으로 무장한 자아가 죽음이라는 절대적으로 낯선 타자로서의 얼굴과 대면하는 시편들을 추적하면서 나는 죽음에 가로질러지고 꿰뚫리는 '나'의 목소리를 통해, 그렇게 가로지르고 꿰뚫는 죽음이 하는 말을 듣고 싶었다.

죽음과의 격투를 벌이는 서상만 시인의 시편들을 더듬어가다가 나는 앞 절에서 분석한 바 있는 「내 시는 황혼의 부엉이처럼」이라는 가편을 만났다. 거기에서는 죽음의 종말과 함께 종결되는 시간이 아니라 죽음 너머에서 지속되는 희망으로서의 시간이 고이고 있었고 그런 시간의 보증자로서 시가 다소곳이 고개를 내밀고 있었다. 내 개인적인 생각이지만, 어쩌면 「내 시는 황혼의 부엉이처럼」은 삶과 죽음 그리고 시와 관련된 서상만 시인의 고유한 사유를 담은 그만의 '열반송'일지도 모른다. 사실 이 정도의 매력과 격조가 갖춰진 열반송을 만나는 일도 결코 쉽고 흔한 일은 아닐 것이다. 그런데 열반송을 남기는 것은 선승禪僧이 언어로 할 수 있는 최종적인 최고의 작업일 수 있지만, 언어의 본질적인 잠재적 역량을 탐색하는 것이 본분인 시인이 죽음과의 격투 속에서 언어로 할 수 있는 최종적인 최고의 작업은 아닐 것이다. 시인에게는 열반송을 넘어선 어떤 영역이 따로 있는 것 같다. 그 미답의 영역에 발을 들여놓기 위해서라도 서상만 시인은 이번 신작 시집에 스스로 부여

한 '마지막'이라는 규정을 철회해야 할 것이다. 앞으로도 여전히 "내일의 비췻빛 하늘/ 홀로 꿈꿀" 서상만 시인의 시에서 나는 절대적 타자로서의 죽음이 우리의 자아를 가로지르고 꿰뚫으며 하는 말을 진심으로 듣고 싶다. 죽음과의 격투 속에서 또 한 편의 절명시를 이끌어내기 위하여 시도될 그의 일거수일투족에 건투를 빈다.

서상만

경북 호미곶 출생. 1982년 월간《한국문학》신인상 당선으로 등단. 자유시집으로『시간의 사금파리』(시학사, 2007)『그림자를 태우다』(천년의 시작, 2010)『모래알로 울다』(서정시학, 2011)『적소謫所』(서정시학, 2013)『백동나비』(서정시학, 2014)『분월포芬月浦』(황금알, 2015)『노을 밥상』(서정시학, 2016)『사춘思春』(책만드는집, 2017)『늦귀』(책만드는집, 2018)『빗방울의 노래』(책만드는집, 2019)『월계동 풀』(책만드는집, 2020), 시선집으로『푸넘의 詩』(시선사, 2019), 동시집으로『너, 정말 까불래?』(아동문예, 2013)『꼬마 파도의 외출』(청개구리, 2014)『할아버지, 자꾸자꾸 겨줄게요』(아동문예, 2016) 등 출간. 월간문학상, 최계락문학상, 포항문학상, 창릉문학상, 윤동주문학상 본상 등 수상.
ssm4414@hanmail.net

월계동 풀
—
초판 1쇄 2020년 7월 31일
지은이 서상만
펴낸이 김영재
펴낸곳 책만드는집
—
주소 서울 마포구 양화로3길 99, 4층(04022)
전화 3142-1585 · 6
팩스 336-8908
전자우편 chaekjip@naver.com
출판등록 1994년 1월 13일 제10-927호
ⓒ 서상만, 2020

* 이 책의 판권은 저작권자와 책만드는집에 있습니다.
  이 책 내용의 전부 또는 일부를 재사용하려면 양측의 동의를 받아야 합니다.
—
ISBN 978-89-7944-732-3 (04810)
ISBN 978-89-7944-354-7 (세트)